【序】

【我們將以什麼交談】

〈黑暗中我們行吟澤畔〉

◎洪丹

想起與楚影初識之時，並不是什麼文藝的場合，我們沒有談論文學，也未在「詩」上著墨更多（我甚至還沒開始寫詩）。說來令人跌破眼鏡，兩人的初識，究竟所爲何事？

「請問籃球場怎麼走呢？」那天河堤斷了電，路燈全暗。我領著楚影前往球場，襯著月光就開始鬥牛（想來有些浪漫啊？）如今細思，欸？初識的場景，不正就是一場「指路何去」！

世局紛擾的今日，楚影在他的新作再次提出這個大哉問。詩集蒐藏的是他受傷的靈魂拋下的斑斑淚滴。其中有戲謔有憤怒，但終究隱隱指向一個消逝的樂園，他反覆詰問的問題在那裡會有解答，但通往樂園的路是否仍開啓？指路何去，他問。

若你殷殷期盼一個答案：「你看我和你都沒留下／不就是最清楚的回答」，詩人所能給的最明確的答案，在篇首已然揭曉。這樣問與答的足跡在全本詩集中處處可見，也是這本詩

集的基調——「指」了路，卻又問著「何去」。這或許反映了楚影。

（所幸楚影不是當年杜牧詢問的小牧童，否則他一邊指著杏花村，一邊問「何去」，杜牧可能滿臉古人問號：「哈囉小弟弟，你有事嗎？」）

楚影詩中浪漫的氣質，環繞著對愛與美的信念，楚影在幽微處筆觸細細：「沒人知道雨是如何／穿到我心中的／彷彿所有的形容／都不夠寒冷」；但在直白處卻又溫柔得令人心碎：「別後不曾再見的人／回憶是漸遠漸生的根／才發現季節的接近／是以你爲名的傷心」。我認爲這是楚影對情感的虔誠。而讀過楚影詩作的人，大抵都難以忘記他透過排列時空意象帶來的傷感：歲月、記憶、歷史，無論是個人的或家國的，是只屬於一段情感的或整個文明的，楚影領著我們在時間中移動，像失去歸屬的魂魄，牽起了彼此就是家。因此他總是伸手向那些被時間和現實洪流所沖蝕的靈魂，將他們保存在詩中療傷。從此也看得出他憂傷的氣質，以及一種古典的執著。

正是這種古典的執著，讓楚影得以浪漫如此，卻並非只迴盪在回憶中而對眼前一無所知的人。他易感的情懷面臨現實的無奈時，是抗顏直諫的態度，這點在這本詩作中特別明確。

他選擇杜甫的詩句作爲〈指路何去〉的引言，一系列談論時事的詩作中，他不避諱自己寫作的主題，批判的對象與現象。一如當年那場鬥牛，擁有精準外線與犀利切入的楚影，將精準犀利鎔鑄古今，鑲嵌入他的詩作。他是浪漫的詩人，也是入世的詩人。

在這個倉皇的世代，倍感孤寂的人，受傷的人，浪漫的人或憤怒的人，在楚影的詩中都能找到通往樂園的路標，但指路何去？楚影的詩不是答案，也不是救贖，是令人恐懼的寂靜中溫柔的耳語，是一片荒蕪中，溫暖的火光。

洪丹，詩人，著有《一點一點流光》

〈迷途〉

◎彤雅立

在國際書展上匆匆與楚影打過照面，並未深談，就這樣認識了。初次與他的詩相見，是在啓明出版社的書櫃上。《把各自的哀愁都留下》（二〇一七）是楚影的第三本詩集，濃烈的紅色印著小小的哀愁兩字，我看見了新世代詩人對於愛情的理解，透過述說，讓情感以詩爲載體，讓哀愁化爲美麗。

楚影的詩往往從容，不知道是不是因爲與遙遠的楚國糾葛的緣故。我喜歡他的句子裡從來不急促，即使失戀了也不憤恨，有點像少年維特那般的受傷的心。《我用日子記得你》（2018）當中，如此的詩句，俯拾即是。即使哀愁地回憶著，我們從字裡行間依然可以感受到那溫和。我想，楚影該是在那緩慢的思緒當中落筆成詩的吧。

爲了尋訪錯過的詩，我在他最初的兩部詩集當中開始散步，《你的淚是我的雨季》（二〇一三）、《想你在墨色未濃》（二〇一五），標記了這位感傷詩人最原初的特質。他最早的作品便顯出了一種憂鬱、安靜、不對抗且療癒的特質，同時在詩歌的展現上，有時融入一

點遙遠楚國的影子，使得作品自成一格。無論他過去的四本詩集當中，這些元素如何或多或少地游離轉變，楚影的創作已經如他的名字一般，成了文壇中鮮明的記號。

得知他即將出版第五本詩集，獲得詩稿，發覺詩集的名字不再有「你」，更多的卻是「我」與「世界」。一如〈流年〉一詩中所述：「你是最遠的影子／情節都是沉默的獨自」，或者〈回答我們的是時間〉：「這個國家怎麼了／我也想知道爲什麼」。

楚影走過了前面幾部詩集中的「等待你」、「回憶你」，而後在他的第五部詩集當中透露出「離開你」的訊息。向來不喜歡爲詩作分輯的他，讓每一首詩吐露自身的想望。《指路何去》中的詩作，除了目光從「你」的身邊離開，同時也誠實地反映了年輕一輩詩人對於時局的憂慮與困惑。「我」與「世界」的關係何其重要，有關人心、有關世道，關於「我們」如何在人間生活。那是時代寫在一名年輕詩人身上的記號，楚影終於無可迴避，而網路世代與新聞事件，同樣也在詩集中有跡可循。

詩集中的〈黃粱〉一詩，或許正標記了「離開你」的祕密：「是謂黃粱何謂清醒／終於有一天終於把所有的夢／都還給你而我不在其中」。從這部詩集裡，我看見了一種移動中的

目光，也讀到了離開傷口、返回自身生活的各種觀察。楚影的書寫從特寫的思緒轉向了長鏡頭的美學，由於距離拉得遠些，也顯得更爲冷靜了。紛亂之世，指路何去？這樣的提問，也許不需要回答。詩人有權迷路，而「尋覓」或許就是最好的過程。

二〇一九年五月寫於臺北，七月定稿於德國萊茵河畔

彤雅立，詩人、譯者，著有《夢遊地》、《邊地微光》

【我們將以什麼交談】

「問今是何世，乃不知有漢，無論魏、晉。」

——陶淵明〈桃花源記〉

虛構有虛構的必然
我們將以什麼交談
身旁經過多少容顏
誰可曾相識一眼
然後就散了訊息
自成流逝的意義
這些存在的穿梭
讓每個名字都是寂寞
爲何傷心易碎

找不到彼此的定位
失去想念的國境
是夢裡無從道別的夢

深信卻被推翻的事
驗證在種種局勢
所以問今是何世
又有那麼重要嗎
你看我和你都沒留下
不就是最清楚的回答

〈化爲孤獨的眞正〉

看見什麼我也會想
把時間歸咎在一道傷
再美好都無妨
讓維持的答案
能夠澈底疲倦
認得自己是殘缺的開端

太遲的談論總是
輕易地在謊言中消逝
爲何徒勞卻仍舊
等待於應該抽身的氣候
我明白追或不追
都不過爭執眼淚

花開的練習，後凋
溫度耗盡的擁抱
化爲孤獨的眞正
於是我逐漸完整
雖然彼此違約
不失最交心的妥協

〈何處不曾荒涼〉

進與退是兩個結局
見一個人過去
你不會知道他是你
昨日的揮霍裡
步伐匆匆的時宜
而後明白了嘆息

都歸於迭起的繁華
拆穿與否的虛假
季節向一切傾訴
於是看到你的世俗
披露我的自處
訕笑共同的反覆

讓字句落爲塵土
也不是最壞的論述
何處不曾荒涼
有花終究盛開一場
這般淺顯的模樣
卻深刻你我的傷

〈突然瞭解溫柔的殘破〉

也許從歲月的角度看著
我並未明白任何
以爲清楚的事
例如傷心的方式
不是只有陌生
當良辰指向美景
猶恐獨自重逢

那是死去的時光
革命後的荒涼
兩座都城之壁壘
分明彼此是誰
臨別前不必帶走什麼

舊日的領域原是這樣的
結果已經夠多了

如今安靜的漫長
潛伏在擁抱的想像
接過回憶交付的細節
我繼續引用，摹寫
突然瞭解溫柔的殘破
是身爲歲月不曾訴說
與我無恙的寂寞

〈那時我應該〉

那時我應該也還在寫
你不可名狀的一切
在規律的晝夜
隨著情緒而熱烈
誠實讓你我相約
看著昨天化爲流言
執手明日投身永遠

而此刻我樂於寄託
你將是文字的輪廓
談論愛卻又維持自己
試圖記得走過的遺跡
想來並不困難，只是輕易

選擇了陌生的話題
然後等待溫暖的你

所以我們擁有一場開始
思考著癒合的方式
我已懂得不再分心
讓死去的故事都成灰燼
相視的時候彼此訴說
在你所相信的王國
季節之中的陪伴有我

〈無非一場舊事〉

沒人知道雨是如何
穿到我心中的
彷彿所有的形容
都不夠寒冷
或者痛，或者陌生
卻坦白為示現的病

回憶的繁瑣皆在指引
我不必苦於否認
更無須為此紛亂
對錯隱瞞不了時間
即使你就是那雲翳
也毅然有終期

未來的情節早已結束
探問得不到敘述
但我不敢斷言看透
昔日晴朗的溫柔
畢竟存在，只是
無非一場舊事

〈我停在你看過的地方〉

我停在你看過的地方
開始沉默的逞強
只是答案的走向
傾斜了往常
什麼是正確的理由
讓記憶的枯坐能夠
到達應該的出口

以爲從此無關
卻擁有共同的遙遠
不再啓齒的語言
一些落花，無數黃昏
是或不是我們

孤獨都那麼靠近

面對的風景是選擇
故事最後的月色
不堪名字的記得
放棄又何嘗不可
在誰曾經行走的街頭
連眼淚也沒有

〈無法讓沉默不是答案〉

有的錯誤被看見
沒有離開的是懸念
不知道如何回頭的夜晚
無法讓沉默不是答案
疲倦還等待適合的口吻
我只是一個失算的人

奔赴而去的流年
或許是孤獨眞正的來源
我能夠對你說什麼
這些失笑的片刻
連彼此都質疑著
更遑論旁觀的冷言了

總是假設長夜將明
又對前景心痛
因此反覆而嫻熟
在一切運行自若的時候
當我感到俱寂萬籟
那就是必然的悲哀

〈後來你就受傷了〉

「公無渡河，公竟渡河。」

——高句麗歌謠〈箜篌引〉

後來你就受傷了
輕聲說世道是河
流著，遠比想像險惡
人言之後可憎
可畏且可恨的無形
終究讓你我
不能隨意就此身渡過

代價幾何更添幾許
誰告訴我啊何處不去

回首書寫竟是
縫合失準的暗示
聚集分心的痛，蹙眉
你不曾指望看見的淚

奈何行路便這一遭
有的是不怯不遲的擁抱
我僅能以此相待
思索無數問題的釋懷
直至死亡的時刻
接近一切的活著

〈是愛正在承認我們〉

是沒有想過的事情
我如何確信已然發生
除了果敢決定
再來就是支持你的身影
即使我們有太多相同
於此是必要的說明

你有受傷過的問題
我也曾困守紛擾的意義
但這些無法遮蔽
彼此看見自己
寫下默契的細節
我們的文明將記載一切

停滯在從前的思緒
終究消逝於溫柔的話語
就算微弱的光來自星辰
我仍願意陪你指認
原來逐漸明白的眼神
是愛正在承認我們

【這個世界可能的溫暖】

我清楚眼淚的後來
不代表明白
哪些話語對我有害
順著線索而知道了愛
未必是幸福的模樣
很多時候感到受傷
是爲了彌補想像

生活斷續帶來這些
不同形式的癥結
讓我用文字交換細節
可能敘述的都是錯覺
相信痛苦會過去，美也

不曾留下，不曾
把確鑿的缺口撫平

什麼是值得等待
而無反顧的存在
今夜過後我仍然
在紛擾裡尋找答案
探究彼此之間
和這個世界可能的溫暖

〈雖然世界已經不夠晴朗〉

累的時候你總是
讓我繼續撐過去的心事
今晚沒有月光
但彼此知道微笑一樣
記得要早點睡
才能準時在夢裡相會

依然是那麼溫暖
從來不曾感到孤單
於是我緊握著你的掌紋
往約定的目標前進
我們的勇敢只會更加堅實
如一首值得雋永的詩

雖然世界已經不夠晴朗
也不用特地悲傷
因爲無論到哪裡
都有最強大的珍惜
讓我們整裝待發
對一切不再感到害怕

〈愛從未拒絕存在〉

「並不是所有的生命，都是帶著別人的期望來到這個世界的。

人生是不平等的。」

——鈴之木祐《產科醫鴻鳥》

後來對事物的了解
有的人站在曠野
看著同樣行走的誰
穿越一片富庶的栽培
只能笑而不語
（如果有那樣的際遇……）
某一天這雙委屈的腳下
也會開出繁盛嗎

外界的意志總是促成

無從干涉的陰影
爲此感到勝敗，劇痛
最眞實的底層
原來認識謊言才算完整
給了世界無缺的形容
即使雲翳遮蔽陽光
已然日常的模樣

但是愛從未拒絕存在
即使有什麼曾經離開
還是要知道自己
雖然不勇敢也不會放棄
關於溫柔的能力
這比任何追求更値得
人生的深邃沒有預設
在你我可能的時刻

〈詩人也會過勞死嗎〉

眞是淫雨霏霏
不以物喜，不以己悲
後天下之樂而樂
原來是要求我們的
原來是我們誤會了
有人眞的可以給一百分
政治工作者的用心
從現在開始，不要倒下
不要放棄倒下
先天下之憂而憂吧
注意你的競爭力
牢記你有多少時間休息
只是我睡不著有了問題

社會認定無用的一群
我寫詩，所以我是指詩人
也會過勞死嗎
且讓我們來看一下
泱泱大國五千年之優良
傳統，浪漫抒情的悲傷
屈原是自殺的
（路漫漫其修遠兮，吾將上下而求索呢）
陶淵明是病死的
（人生似幻化，終當歸空無呢）
李白是溺死的
（今人不見古時月，今月曾經照古人呢）
李賀是病死的
（衰蘭送客咸陽道，天若有情天亦老呢）
蘇軾是病死的
（人似秋鴻來有信，事如春夢了無痕呢）

文天祥是被處死的
（時窮節乃見，一一垂丹青呢）
魯迅是病死的
（寄意寒星荃不察，我以我血薦軒轅呢）
胡適是病死的
（我獨自月下歸來，——／這淒涼如何能解呢）
顧城是自殺的
（黑夜給了我黑色的眼睛／我卻用它尋找光明呢）
海子是自殺的
（沒有任何夜晚能使我沉睡，沒有任何黎明能使我醒來呢）
按照國際潮流的目標
他們把詩人做得很好
像個職業，但遠遠稱不上過勞
嘔心至此我都快寫完
還是沒得到答案
既然生於斯

那就把問題長於斯
臺灣有詩人嗎——我是說
詩人是一種工作？
不用爲文學付出某種妥協
我想了想自己認識的一切
只知道無論有沒有在寫
我的朋友們都還在
好好活著，好好的，應該

〈我們無法避免殊途〉

一切都定在昨日了
那敘述未盡的
終於懂得談論這裡
是怎樣的風景面對自己
或許還能說一些話
當作無關彼此的留下

而我還是看見了
更多衰微的什麼
不能知其所以的命運
彷彿歌者無心
卻總是喚來前塵的故事
情節等候多時

我們無法避免殊途
選擇背後都可能錯誤
沒有人不曾荒蕪
哪些祕密屬於禍根
早已失去辨認
既然各自身處雲深
又何必再接近

〈你我歲月變得虛無〉

我已沒有更多日子可以
毫不保留去記得你
別後不曾再見的人
回憶是漸遠漸生的根
才發現季節的接近
是以你爲名的傷心

離開的雲會先帶來一場
雨勢推移的猖狂
就像相視的眼神
光亮總是襯托黑的部分
隨著意義，你的轉身
坦然沉默的定論

就那樣走向違背的道路
如何從此澈底厭惡
你我歲月變得虛無
根據醒來的天氣備忘
維護快樂模樣
不過是自己不斷感傷

〈看過了一萬次的寂寞〉

看過了一萬次的寂寞
變得更擅長脆弱
那些隱藏著的情緒
總是放縱時間過去
讓日子耽溺
溫暖最後的餘地

相信誠實的純粹
終結之後如何面對
善良和殘忍的交會
也不過是同樣的詞彙
經歷自己的運轉
成爲複雜的語言

即使這世界凋落繁花
仍然有想愛的人啊
只是假裝忘了
還有什麼美好能記得
如此就足以痛徹
在不被明白的時刻

〈去更適合的遠方〉

在錯誤消耗的時間
舉步流淚的地點
一場牽涉的火燒出了
你我是彼此多餘的
美好的昨日接續明天還在進行
也都是各自的過程

對往後的選擇一如
過去總感到踟躕
這會是最壞的光景嗎
負荷的傷心使我無法
說服沉默的自己
擁有的都不在那裡

或許下一次，我想
得主動去更適合的遠方
就不用記得離開
看見鮮明的蒼白
專注回憶而發現
我的愛原來如此低端

〈沒有批踢踢的日子〉

天下在這網路上
很多人都有了正統的哀傷
所謂去國懷鄉
等待如此情長
肯定一日不止三秋
但你有什麼理由
不讓時間從此遊走

於是這樣的縫隙
似乎能找回一些意義
例如鍵盤以外的天氣
翻閱書本的過程
遠勝虛擬的文明

還給自己更自然的面容

當生活的步伐仍舊是
對錯迭起的態勢
沒有批踢踢其實也無妨
太多事情還在擺盪
心情就像你前往的方向
堅強之餘只是一堆僞裝

〈我跟宋尙緯還滿好的〉

當有人說「我跟宋尙緯還滿好的」
其中的標準到底是什麼
我不知道，但這個問題
你不應該只問自己
人是江湖，我們談道理
講邏輯，再來說情義
那麼有很多認知上的困難
就能回到本質的簡單
甚至是沒有存在的必然

所以你準備好開口了嗎
不要一起手就被拍死在掌下
如此悲壯誰也救不了你吧

想想尊重該怎麼表達
也不必過分複雜
虛假是讀得出來的你相信嗎
就像把手放入有浮冰的水中
你會立刻明白寒冷

巴拿馬總統跟我還算有點交情
但我分得清那是電影
可說不可說不過一念之間
那年花開月正圓
往事終究不如煙
翻開自己詩集跨越的彼端
擁有長到他都忘記的序，我覺得
我跟宋尙緯還滿好的

註：源自宋尙緯動態：宋尙緯跟誰很熟連宋尙緯自己說了都不算，那我眞不知道還有誰可以決定宋尙緯跟誰很熟了。到底爲什麼最近又開始猛爆性的出現「我跟宋尙緯還滿好的」這種莫名其妙的八卦，我跟那些人六個裡面有三個連一句話都沒說過，剩下兩個打過照面，一個傳過三則訊息。跪求各位看到什麼我跟宋尙緯還不錯之類的句型就直接來問我好嗎，不要卡一根刺恨我在心中口難開。

【我感到一切都在缺少】

這世界有些關心
剛好來自不懂恨
但其實我早沒有力氣
去做多餘的敵意
維持活著，所謂的生計
我很快學會了對不起
關於不時驚覺的放棄
記得什麼是重要的東西

而我感到一切都在缺少
尚未遺忘也只能說還好
如果你懂的話就不要
問我是否心情不好

或許這樣會讓情況更糟糕
畢竟解釋得太多
可能換來試探的迷惑
漫長在瞬間的沉默

任何微笑的時候
我是真的想保留
一個人躲避痛苦的自由
即使明白現實難以理解傷口
別輕易懷疑我說沒有
請離我遠一點才是莫大的溫柔
此刻的我此刻已別無所求
(保留一個人躲避痛苦的自由)

〈不再探討假設〉

在字句形成之前
沒有確定的時間
面對昨日分說的答案
附帶些許遲疑和溫暖
我容忍夜晚的漫長想著
心事去哪裡了呢

也許都幸福了吧
忽略最初的複雜
另外回頭的你同意嗎
而我多少已經懂得
看淡痕跡是如何
牽掛離別後的指涉

我不斷理解自己
在過程中記憶
終於對你感到真實
選擇了無關的開始
不再探討假設的遠方
讓凋零的就此無恙

〈有關我在此時〉

我如何走在舊地
重蹈歷史的痕跡
想一切，皆非當事
卻是有關我在此時
得以察覺憂患
其實從未消散

因此街道假裝
不存在問題的哀傷
滿是風聲的迴避
所謂結束的消息
想要探究卻儼然成謎
死亡不曾缺席

懸浮的背影
都有被迫勾銷的人生
掌握不了的姓名
是殘敗自己，是象徵
是眼見悲劇昭然
錯誤至今的時間

〈我以爲已經很清楚了〉

我以爲已經很清楚了
可是愛啊爲什麼
還有人爲此落寞
懷著封閉的沉默
然後被反覆
傷心，說這些不痛苦

更破碎的事都遇過
何況陳舊的對錯
只是感到無力
背負廢墟般嘆息
但我知道容不得遲疑
有太多靈魂來不及

活下來。每一個人
都值得說出相愛的聲音
於是我們也聽見了
政府選擇忘記的
四月是平權的謊言，而一切
謊言又豈止於四月

〈所有可戀之處〉

蘊含自己的明白
決定將荒蕪記載
我知道你的疑問還在
只是世界從來
不允許誰能夠輕易
於現實之中轉身逃離

季節依然頹敗
像你文字藏匿的悲哀
用無數形容抹平負傷
卻得到更多偽裝
生和死是你為了陳述
他人動輒的殘酷

所有可戀之處
都被你劃分成末路
立意如此是不在乎
抑或深遠的辯護
都沒有眞正的解答了
永恆已是你的時刻

〈輕描〉

無從提起的事
落爲僞裝的趨勢
無非人心易傷
苦衷不超出遺忘
無端已成眞實
說堅強終究過時

如何爲愛恨的沉默
找到適合相處的自我
如今一切歸屬
都是質疑的孤獨
如舊的風景經過
輕描當下的對錯

誰知道彼此距離
是遙遠或接近的關係
誰能明白留下的細節
就會看見原本的抹滅
誰在哪裡等誰
感懷兩個名字的是非

〈所有隱喻後來都活著〉

並不是沒明白過
故事之外的失落
如何理解對錯
未必有答案琢磨
爲此而相同的我們
有時作出的確認
都是多餘的深信

在心上重複的缺口
是誰冷淡的溫柔
我想你的在意
也走不過無語的回憶
最偏頗的美麗

等待懂得修補的自己
把片段日子忘記

所有隱喻後來都活著
約定的結局是什麼
已不再有人當眞了
彷彿擱置多年的書本
印象停在某些摺痕
你我的輕重屬於蒙塵

〈終究還是像你〉

花終究開得
像那一天的片刻
陽光正好，風正簡單
陳述經過的溫暖
而你在之中
是不可或忘的光景

只是領略了可能
讓篇章繼續進行
選擇忽略陰影
選擇空白的決定
終究看清傷痕
總是留給面對的人

於千萬承受的眼淚裡
如何說完對不起
執著而苦痛而孤寂
終究還是像你
倔強地棄守逃離
時間的身不由己

〈我總在想〉

我總在想要怎麼
讓你反映我呢
像水面上的月色
月色中記敘著
所經歷的模樣的深刻
如今蔚然的都是風了

你必然成爲想念
在見面後的收斂
屬於根柢之時間
彷彿看著世界其實無恙
謠言消散，人心坦蕩
知道生活可能的方向

就算我旁觀歲月沉浮
終究還是將字句背負
除了揀選的孤獨
自此我又多了歸途
是你瞭解笑容
爲何無端，如詩的盛行

〈流年〉

你是最遠的影子
情節都是沉默的獨自
或許你看著我
也是這樣對待寂寞
讓見過的山海在回憶中
消失，帶進最初風景

如此之後只剩下詩
流向接近的方式
那些都是眞實
脆弱的音節，總是深邃
完整祕密的純粹
放棄探問是非

黃鶴依舊黃鶴
故人也成爲故人了
流年漸漸將我掏空
煙花的感傷始終
不只三月。所有的城
都在歌舞，一切昇平

【解讀的輪廓】

終究是你的世態
炎涼繼續對我展現敗壞
我如何解讀你的倉皇
水聲皆是楚腔
是否就代表了你最後的
心死與沉默，無用的
結局其實等於沒有呢

難道你不知道那些嗎
是爲了什麼所愛吧
向這裡看著，被覬覦的國家
在銳利的往事之下
早已無法回話

而你善待的每個困惑
都屬於流淚的輪廓

就是過於相信執著
才讓你不斷逃離存活
擁有的只剩後果
誰能告訴你眞正的對錯
死亡不能，更遑論正義
明白風景無數的你
仍然，走向年少的自己

〈回答我們的是時間〉

這國家怎麼了
我也想知道爲什麼
看似逃避卻在乎地翻著書本
盡可能接收一切資訊
希望找到一則消息
足以療傷自己：
沒有人是甘心
成爲孽子孤臣

就因爲憂患也深
於是面對的陽光也深
雨水也深，風霜也深
本來少許幸福的空間

更多了苦澀的簡短
還好我們仍然
可以透過眼神而擁有
哀愁之外的溫柔

就好像在大霧裡
確認花是否哭泣
怎樣才會結束呢
時間有一天會回答我們的
或許會聽見蟬鳴
繚繞城市的夢境

〈在劫〉

當隱喻太多
我不做最早的辯駁
一次剎那的虛妄
就有三千顛倒夢想
萬象的顏色如同
醉酒執著撈月是空

我如何判斷善惡
眞實潛在假言的轉折
遲遲未結的因果
探問究竟究竟迷惑
有人的道理便自覺有燈
原來啓示不過似雪明淨

愛恨只能留在過去吧
就像誰也摘不下
面前的鏡中之花
我聞我法，明白一切凋零
為有識之人而生
而不滅，隨諸相寂靜

〈我清楚回憶的飄零〉

「誰謂河廣，一葦杭之，誰謂宋遠，跂予望之。」

——詩經〈河廣〉

不再碰到的容顏
是無解的遙遠
曾經跋涉思念
片刻重複片刻轉眼
而過，追不了的到達
已經成爲山河了嗎

日子儼然是風的
淡忘和離合
多少傷心漸漸

跟最初的你我無關
決定不說什麼
都是自己的廣闊了

從此是誰呢
想起某些也就忘了
我清楚回憶的飄零
擁有最簡單的空洞
陌生無法僭越
熟悉而感傷的一切

〈季節總是充滿消息〉

我寫過的一首詩已經
去了很遠的情境
不知與誰悲傷
徘徊冷靜的暗巷
裡面時間如魅
生活於外輪迴

此後的等待都有名字正在
等待一個人將錯誤的過往分開
正確的起點無人明白
但至少在這裡
還願意書寫的自己
先學會隱喻的道理

再來就是另一種模樣
照著類似的日光
經歷沒有差別的風
以爲沉默能夠面對永恆
卻突然忘記走避
季節總是充滿消息

〈故事堅毅的現場〉

後來國都亡了
唱戲的伶人也走了
好像還有幾個
開始寫詩，或者
本來就有那樣的本事哀樂
喜怒都不過是
圖一方眞實

妥當的天和地
靜止的時宜
縫隙之間的縫隙
誰的殷勤落入不堪
被顚倒的雙眼

問題自己找到答案
又變成下一個困難

往昔決定的身分
彷彿失色的髮鬢
顧念如今終究選擇
文字僅止於此，都知道的
沒有必要再回望
故事堅毅的現場

〈柯文哲〉

不要讓支持沉默
把選票投給我
走到劃分好的場所
將權利投下去
給城市嶄新的格局
用你們厭惡的顏色背書
關於我的前途
你們只要做到這些
就夠了，反正支票的一切
兌現與否其實也
沒有關係，看我潔身如雪
至於輕易說出口的

究竟是不是眞心話呢
也別再追問我了
我是最寂寞的智者
過去的謠言總讓人神傷
如今我在其中無往
不利，種種的跡象
都使我變得更強
你知不知道長征的核心
就是忍人所不能忍

你如果認識從前的我
也許你會原諒現在的我＊
還是驕傲到不屑說謊啊
我只是換了很多說法
人家敢去閉門上課
不要鬧好不好，這是不對的

你們應該——不談這個
免得我又要被說失言了

註：＊語出張愛玲《傾城之戀》。

〈風只是目擊一切〉

事件發展了記憶
一個時序停在那裡
讓天光一起
黯淡的數學家，是你
眞正成爲歷史的痕跡
開始理解了生死
可能來自國家的偏私

權力早已暗中形成了
算不出膨脹的
數學家，是你。一個
不應該回去的地方
你也沒辦法衡量

民主的自由，裡頭太多
被邪惡的墜落
風只是目擊一切然後經過

像草皮一樣的躺著
人沉默都是這樣的
一個數學家，能有什麼
無法迴避的重責
但你還是走來了
知道立場的艱深
從容看待指向你的刀刃
付出對未來的相信

〈塞外〉

那就是一個地方
知其所以而不知去向
涉入離別的風光
總是在遲疑了
幾步之後，才願意記得
美好的間隔

不是向你也並非
向我，言語的迂迴
移動著我們
讓錯綜的軼事由他人
縫合行走的面貌
在謠傳中落腳

身影長出典故
風聲是肺腑
名字攤開了平靜
默認彼此共同
荒涼的結論
深切的微笑早已沙塵

〈黃粱〉

故事都要從兩個字開始
無非像愛情選擇誠實
春夏之際有一場
花期的盛放
抑或驟雨，水文的去向
隨著時間抵達遠方

於是風景都是貪看
明知塵埃四起仍然
走著隨興的迷戀
文字的繁華，又讓誰遇見
不需要任何答案
至此已經無從分辨

是謂黃粱何謂清醒
終於有一天終於把所有的夢
都還給你而我不在其中

【前方迎面的旅程】

年頭虛度，三十歲
解讀文明的是非
早已是合法的人了
所謂大人的資格
有時得承擔無關的負責
更不該擁有錯愕
此類的想法和表情
那樣勢必被放逐，於群眾
之外荒廢的宣稱

懷抱緣故的胸膛
如何談論理想
而不至於哀傷

光鮮的城市究竟適合
什麼樣的人居住呢
低眉檢閱的答案
總是落入權勢的盤算
亟欲掩蓋的幽暗

深淵凝視著，走在薄冰
三十歲的又老又窮
合攏而來的背景
意象所及之處，都反映
倉促的無用
依然篤信時間會完整
前方迎面的旅程

〈我對一切厭世感到厭世〉

太多可以感嘆
而讓我氾濫
訕笑的暗潮
最終流出心竅
不得死也其所
還是回歸沉默

無人對問也就不提
無妨修成菩提
做到忘卻自己
便能知道如何推移
我很抱歉我不能
輕易文字的運用

我對一切厭世
感到厭世
這政治很正確
沒得妥協
可是我也不會
爲此放棄誠實的絕對

〈投石的回音〉

活在那些事情
之中的面孔
善良是一種相對
無言險惡的純粹
遊走於縫隙
探究徵兆，等待並演繹

乾燥的答案顯示無數
最直接的殘酷
投石的回音，震耳且必然
讓人分神如晦暗
雲翳佔據所有的
時間，彷彿都徒勞了

當妥協不夠完全
那就繼續交換
部分意志的消散
誰都不知道什麼是
更好的安排，或者共識
只有泥淖，成爲精確的現實

〈時局〉

究竟賦到滄桑
裡頭寂寥如何端詳
從句子吹來的風
比冬季更冷
是不是這樣的悲傷
才算世事的正常

誰想要去哪裡
那都不是問題
檯面上的話術往往
隱藏太多推演的遺忘
有些人選擇了轉變
不過想讓自己的臉

看起來好過一點

船過眞的無痕
動搖的都是反觀的心
經年如故，任何一場新雨
總在提醒眼前時局
我親愛且不幸的國家
你今天被認同了嗎

〈看著哀愁死去的夜晚〉

是終於像自己的時候
知道某些溫柔
曾經竭盡等待
爲了得到存在
誠實地確定決心
就算愛會帶著傷痕

如此是我認識的你
也沒有別的溫暖可以代替
我明白這人間
剎那便是許多運轉
看著哀愁死去的夜晚
把彼此交給我們的明天

隔閡的片段都無所謂
不願再有眼淚
讓美好的記憶破碎
在發生之前避免
本來就不困難
只要先想起語言的危險
一切都將成全

〈問答終於遙遠〉

一場日暮落下的
到底是無關了
話語的深刻
我擁有的逃離
盡頭只是回到自己
明確的哀愁
觸及同等的理由

而消散就此展開
變換某些存在
例如我的從容
與複雜的風景，共同
成為鏡中之境

映照的泡影

太過清晰的往往
都是閉起眼睛的憂傷
情感附屬歷史身旁
索去倖存的時光
問答終於遙遠
沒有任何折返

〈困苦必須指引的時代〉

我翻找眾多的詞彙
試圖建立是非
讓歲月此後依歸
任憑從前沒有原因
腐朽，彷彿迷途的腳印
被道路消滅
留下遊歷的錯覺

依舊廣闊之處，使我看見
尋常的循環
百廢待興也待決斷
紛紛陌生的
場所，逕自化成一顆

滾落身邊的結果
嘆息的經過

不再接近的悲傷
也浮現了遺忘
困苦必須指引的時代
擁抱或許敞開
只醉心豐饒的愛
都是爲了要我明白
你會背對一切而來

〈漢界〉

過去未必霜雪
但無人煙。遍野
盡是流連的懷疑
與時間之關係
昨日的每道運作
不斷拋出襯托

你的姿態那麼文明
說詞是對以爲的清醒
最隱微的預警
原來我應該
複製你的閃爍，離開
被消逝盤據的空白

讓我鄙夷的傷痕
曾許以天下共分
沒有成立的討論
都另謀溫暖的根本
是承諾的革新
阻絕了我們

〈指路何去〉

「感時花濺淚，恨別鳥驚心。」

——杜甫〈春望〉

且坐看這山河，如何
昧於質疑，旦夕變色
無人陣亡的硝煙
有許多輪廓浮現
爲此一戰，微顫的傷感
早已在所難免
而事後失去更多
證實最頹然的緘默

所以感時有淚

透過不被信任的，是與非
長恨和追悔
知道論斷的輕易
終究淪爲脫序的推移
氾濫的敵意
基礎之上的孤寂

才問指路何去，隨即
衍生惆悵的距離
來自草木依舊，紋理
深刻的辨識
一如淺薄的原始
不是回身而行至於斯
只因猶豫心死

〈你是來日的去向裡〉

來日必須見你
遮掩是無用的，爲了自己
在詮釋疏遠以前
不要被滄桑改變
有些事情，在這流年
爭執格外孤單

世界反覆迷離
盡是他人的算計
充斥眼中，你看那言不
由衷的模糊是多麼清楚
逼近疲憊的寄託
而隱憂傷透了我

當下奔走的步履
多少都有刺痛的思緒
只是任何暗示都不能
推翻至今的堅定
因爲你是來日的去向裡
我不必違背的境地

【情景推敲的反覆】

詩作爲一門技藝
投身於此絕不輕易
縱然有過遲疑，我如何
述說落筆耿耿的時刻
而不被指責
是對於昨日的贗造呢

寫下的字句通常是今天的
反思的一切後來的
沙漏中行有餘力
之不足，哭泣
涓滴而成的文明
更彷彿剎那之夢

繼續犯他人眼裡的錯
微醺月色曾經的寂寞
詞藻種種，蔚然無岸
我得其樂深陷
情景推敲的反覆
看著鳥獸草木，繁盛沿途

〈規矩〉

我以後是不用收的
因爲不再玩了
哪有時間玩呢
我的童年即將被才藝剝削
更遠一點是隸屬升學
聽說未來的我會心存感謝
沒有這樣走的人，敬愛的爸爸
他們過得都還好嗎

我可能會看到，卻已經
先知道扭曲的愛是牢籠
鎖著那晚的玩具
在碎裂裡生根，而畏懼

讓我懂了心痛的模樣
是源自沒有更強的力量對抗

我相信事情都有解決的辦法
得歸功敬愛的爸爸
我會好好地在規矩中長大
我會努力去忘掉
不敢承認我們緊密的擁抱
只是一撕一嚎

註：藝人宥勝「撕毀女兒玩具」的新聞事件，引起社會各界討論，以詩記之。

〈那年我只是望了一眼花開〉

「要記得，日會蝕，月會缺。」

——陳某《火鳳燎原》

那年我只是望了一眼花開從此眷戀
與你盛放的時間
相視的側臉
完整了塵世撩亂
衣角更迭瀟灑
身後飛落繁華

無所謂的時候拋擲的關切
皆成往後鋪陳的細節
神色分明，浮動的幽暗

近似未起漣漪的平淡
憂愁隨著月相圓滿
人該還卻未還

抵達了你要的遠行嗎
是我頹然留下
生與活，荒唐和否認
太過滲透的都不是我的心
只能讓斷垣繼續
對照美好傾斜的秩序

〈或許應該向誰說〉

不用再找了
這樣的抉擇
還能有什麼結局呢
逝者如斯，我再也
不必快轉原本的晝夜
遺落生活的姿勢
讓旁人去解釋

是非兩字舉輕
卻足以重創所有的夢
漸漸噤口的存在
我怎麼都不明白
篤信制式的教導

得到了某些目標
方向越來越少

任何知識我可以演算
在碰上無奈之前
我不想困於局限
或許應該向誰說
遺憾總是釐清如果
我希望我
那就是我

註：記二〇一七年九月六日北一女新生跳樓一事。

〈在城市祕密的曾經〉

在天長以前
誰知道永遠
而我們也只能改變
更小心地揀選
看似感動的時間
就算緘默可能是答案

還眷戀嗎那些同行
承蒙的完整
在城市祕密的曾經
路見都是傾倒風景
嘆息一聲換鎮日安靜
終究走著自己的途徑

拋擲多少無意的星辰
去了錯誤的光陰
輕易歸咎騷亂的心
恍然是客一身
明日江湖仍舊有信
執著愛恨的談論

〈和回憶擁抱逃亡〉

我看見你明白想說的
都帶著殘酷走了
原來耗盡心力的解釋
只是反覆迷失
所以有些承諾注定
變成你怨懟的罪行
燦爛的昏庸
國恆國，國不恆國
有花在傷痕裡開落
你只能記得並從此錯過

自己是虛華的悲傷嗎
你不敢問，也無法

拒絕命運的對答
於是每次都直率地寫下
如何遠離生死，設法
讓路不通往絕壁
即使舉世終究成爲遺跡
你仍然負載字句前進
獨行，向所愛付出信任
這使你不再是妥協的人

隨處皆是巧妙的汙濁
祕密就這樣越來越多
該怎麼寬慰話語的荒誕
誰善於此道的能言
無視局外而持續樂觀
但過於天真的選擇往往
比預料的不堪還骯髒

這就是你我的文明
輕易枯槁的形容
於是在一切不正確之中
瀕臨的雨季由是而生

讓誤解得到最深的誤解
不在乎完整的決裂
才有可能認識自我
只是你放棄等待結果
和回憶擁抱逃亡，突破
進而察覺時間的無情
莞爾我們在同樣的夢

〈大風起兮〉

完整的浮雲一定
明白仰望的瞳孔
有著承認的羨慕
曾經的孤獨
是那樣而讓我現在
擁有時間的悲哀
和衰微，無知地假裝
從不懂得惆悵

四方之外有誰經過了
都已是無關的
意志，眞實的清醒
一再褪色的身影

無論多少果敢
只能話復當年

我不解釋生活
談論百般結果
只有心是否適合
大風起兮，日子有歌
不是什麼深奧的道理
我會一直是自己

〈我如何再想起你〉

「魂而有知，無嗟久客。」

——顏眞卿〈祭姪文稿〉

我驚惶地詢問
但終究沒有人
回答所有悲憤
我如何再想起你
被擊碎的形體
是不是還在尋找
自己的頭，牙關一咬
準備再次踏上
不可能有你的戰場

凶險的豈止刀兵
莫過人心無行
今日之域中
誰家天下對某些卑躬
屈膝是得意的事情
而你憂患的忠烈
哀慟我，輝煌一門名節

去吧，走吧，遠離吧
腳步的追隨不要落下
你無須感到遲疑
把霜雪層層遺棄
在暮春，眾人的回憶裡
並不曾將你忘記

〈那人不過此身〉

那人確實是這樣的
踏著隱密的月色
毀譽輕放腳下，走過的
話語彷彿飛雪
星移的傾斜
以致笑的時候那麼
殘缺地像一個
倖免的俠客

誰的身影還在那裡
白駒已然過隙
悲風如何形成
但見心事消融

老去的都是華髮飄逸
藏著年少的快意
未盡的恩仇
再也沒有合適的對手

結局的微妙尚未看見
江湖此去十年
又能再赴幾年
花的凋落，只爲了描述
沉默的燈燭
曾被點燃的領悟
而黃昏擁有遺失的承認
那人不過此身
行於漸進的碑文

〈倉頡〉

習於邊陲深沉
最後識字的人
你的掌心
曾把握著，又流逝了
火焰一般相信的
健全的夜色

對此你總是代替
重複衰老的自己
輕聲哭泣
帶有破綻的記憶
終於開始傾斜
倒向陳舊的直覺

那時候的死去，是一個
符號形成一句話的
契機，但轉瞬
就是灑落的灰燼
像敗壞的雨
脫離邏輯的造句

已經無所謂結局
唯有描述需要輕取
承認孤獨讓你變得清楚
得以返回，靈感的最初
把未來的輪廓
交給了我

〈三百首詩的重量〉

◎楚影

從第一本詩集開始，到現在，轉眼也過了七年。每一本都收錄六十首詩，也都按照自己創作的風格，寫著想說的事情，就這樣來到了第五本詩集。

如果問我，會感到意外嗎？其實也還好。畢竟是我設定的目標，而這樣的風景，我是很坦然地看待，這麼一天的到來。我始終記得，其中蘊藉著太多感謝和幸運。特別是F，他帶著我看了許多風景，讓我完成了不少作品。

在寫作的日子裡，F給我的種種關心，我即使用再多的篇幅，也難以說盡。這些溫暖和支持，對我來說，是相當重要的。

當我看著無數詩篇，無論是不是寫給F的，背後其實都告訴我同一件事：我想繼續寫下去。

似乎已經不是我一個人的事了。我要做的，除了收藏好這些珍惜，就是讓它們永恆地閃耀。

F存在的微笑，讓我在創作的途中，不至於有太多迷惘。能夠更加積極地去面對，因爲創作而延伸出來的時間，謹慎地處理每一個文字，終於走到目前。

這時間，是三百首詩的重量。

構思後記的過程，有時候，不免會打趣地想：啊，原來我也完成數量上的「詩三百」了。

接著帶點成就感，肯定自己起來：沒錯，這些都是我寫的。

這樣想或許有些可笑，不過我很清楚，一個人，要是不懂得適時地鼓舞自己，那是絕對堅持不下去的。

然而在心裡想更多的，卻始終是在第一首詩寫下後，問自己的：再來我可以寫什麼？

只是經過了這幾年，我早已知道，這個問題永遠不會有答案，也不需要有。

那麼，就讓這個問題，成為形式上的提醒，我是從什麼地方走來的，以後的路，方向仍然在那裡。

指路何去——這是我自己選擇的路。踏上了，說什麼也不會輕言放棄。

無論將來是崎嶇，還是平坦，都沒有什麼不好。我會對文字永遠懷抱著進取的信念。即使一時之間，沒有獲得相當的回報，也無所謂，因為每個作者的一開始不都是零嗎？只要更專注文字就行了。

文字本身，其實已經是對自己最珍貴的回報了。

也正是因為我看著這些詩作，才知道自己走了多遠的路。風景自得，虛懷若谷。

不過當我回首，才發現，並沒有人告訴我文學是什麼模樣，創作應該是什麼狀態，而我已經跟內心的孤獨互有勝負——這當然是無法言喻的，所謂的作者——本來就是這麼一回事。

關於逐漸走出的路，讓我明白，三百首詩，選擇我，來到這個世界上，以琢磨的速度，一點一點成全了我。

雖然是我將文字重整起來，卻是詩帶給了我意義和目標。

今後想必也是。

Love 032

指路何去

作者—楚影
主編—李國祥
總編輯—胡金倫
董事長—趙政岷
出版者—時報文化出版企業股份有限公司
108019臺北市和平西路三段二四〇號三樓
發行專線—（〇二）二三〇六—六八四二
讀者服務專線—〇八〇〇—二三一—七〇五
（〇二）二三〇四—七一〇三
讀者服務傳真—（〇二）二三〇四—六八五八
郵撥—一九三四四七二四時報文化出版公司
信箱—10899臺北華江橋郵局第九九信箱
時報悅讀網—http://www.readingtimes.com.tw
電子郵箱—genre@readingtimes.com.tw
法律顧問—理律法律事務所　陳長文律師、李念祖律師
印刷—勁達印刷有限公司
初版一刷—二〇二〇年五月二十二日
定價—新臺幣三三〇元

時報文化出版公司成立於一九七五年，
並於一九九九年股票上櫃公開發行，於二〇〇八年脫離中時集團非屬旺中，
以「尊重智慧與創意的文化事業」為信念。

指路何去 / 楚影著. -- 初版. -- 臺北市 : 時報文化,
2020.05
面； 公分. -- (love ; 32)
ISBN 978-957-13-8199-2(平裝)

863.51　　109005762

ISBN 978-957-13-8199-2
Printed in Taiwan

U0011329